작가 대표작 순수(Pure) 200호

구구킴 그림 에세이

두려움을 ——————— 설렘으로

원래 땅 위에는 길이 없었다. 걸어가는 사람이 있으면 그곳이 곧 길이 된다.
흔히 내 그림을 '장르' 안에 규정할 수 없는 작품이라고 한다. 나의 손이 다채롭게 찍어내
는 모든 것이 나의 인생이며, 그것이 '구구이즘(GUGUISM)'이다.

글도, 그림도, 음악도 독학이다.
그저 마음 가는 대로 적고, 마음 가는 대로 손가락을 움직인다. 지문이 스쳐간 흔적이
남아 하나의 그림이 되고 나만의 이야기가 되었다.
나의 생각을 솔직하게 표현했는데 많은 사람들이 공감해주기 시작했다. 나의 글과
그림은 특별한 것이 없다. 작은 소소한 이야기들이다. 위대한 것도 알고 보면 작은 것
들로 이루어진다.

내일을 맞이하기 위해 처절한 오늘을 보내야만 했던 그때, 누구보다 열심히 살았다.
손이 하루도 멀쩡한 날이 없었다.

어두컴컴하고 길이 보이지 않았던 날들 속에서 오직 믿는 건 나 자신과 살아있는 나
의 감각이었다.
그러면서 한 걸음 한 걸음 내디뎠다. 그 믿음이 사람들의 눈길을 사로잡았고 아티스
트로서의 길을 걷게 했다.

모두에게 똑같이 주어진 24시간이지만 그 쓰임새는 같지 않았다. 바다 건너의 외국에서 굳세게도 버텼다. 바쁘게 생활하면서도 예술로 나를 표현하기 위해 얼마나 많은 고민을 거듭했는지… 고향을 생각하며 가장 한국적인 것을 그렸다. 물감을 집어들었고 손에 빛과 어둠을 묻혀 캔버스를 가득 채워나갔다. 그 순간 '이게 나구나.' 하는 깨달음이 왔다.
충만해진 기억은 나를 풍요롭게 만드는 버팀목이 되었다.

꿈에 가까워지기 위해 나는 또다시 달린다. 인생이라는 페이지의 마지막 장에 이를 때까지 나의 발걸음은 멈추지 않을 것이다.
고통을 딛고 아름다움으로 태어날 것이다.

"녹슬어서 사라지느니 닳아져서 없어지리라"
"I would rather be worn out then rotting away"

지치고 힘들고 아픈 마음을 위로하는 것, 그것 또한 예술가가 가야 할 또 다른 길이라고 생각한다. 마음의 문을 닫고 살아가는 이들에게 조금이나마 위안이 되었으면 한다.

QQ Kim

CONTENTS

Prologue *6*

1장

모두 당신 편입니다

아름다운 관계 *12*

그들은 모두 당신 편입니다 *14*

새로운 아침 *16*

나는 너의 영원한 친구 *18*

관심 *20*

눈에 보이지 않는 것도 있다 *22*

예쁘고 사랑스러운 말 *24*

정겨운 목소리 *26*

마마보이 *28*

후회할 일이 생기기 전에 *30*

그때는 몰랐다 *32*

미숙과 성숙 *34*

급하면 체한다 *36*

진정한 우정이란 *38*

나를 위한 편지 *40*

좋은 사람들 속에서 좋은 사람이 태어난다 *44*

행복은 사소한 것으로부터 시작된다 *46*

눈송이가 나뭇가지를 꺾는다 *48*

해명하고 싶지 않은 오해 *50*

쏟아내야겠어 *54*

나의 인연, 귀한 인연! *56*

그리운 사람 하나 *58*

멀리는 가지 마 *60*

늘 물어보고 싶었어 *62*

내 마음 다 아시잖아요 *64*

2장

행복은 소리 없이

늘 다른 아침 *68*

웃으면 행복해진다 *70*

천국이 거기에 있다 *74*

화가 날 때마다 해양불수 *76*

부정의 반대말을 희망이다 *78*

희망은 배신하지 않아요 *80*

내일은 내일의 태양이 떠오른다 *82*

아직도 행복을 적금하시나요? *84*

행복은 소리 없이 *86*

가끔은 하늘을 보세요 *88*

슬픔의 치료제는 나눔입니다 *90*

희망이 무엇일까요? *92*

마음도 쉴 공간이 필요하다 *94*

인정은 또 다른 긍정이다 *96*

감사할수록 감사할 일이 생긴다 *98*

과거는 바꿀 수 없지만, 미래는 바꿀 수 있다 *100*

당신의 인생을 바꾸어줄 한 걸음 *102*

부유한 사람이란 *104*

눈물이 아름다운 이유 *106*

일체유심조 *110*

적은 내 마음에 있다 *112*

지나고 나면 좋은 것 *114*

한 발짝만 더 *116*

소박한 8색 크레파스 *118*

누군가 그런 말을 했어요 *120*

시간이 말해주는 것 *122*

3장

가지 않으면 길은 없다

당신의 미래는 무엇인가요? *126*

성공은 *128*

과정이 성실하면 결과도 성실하다 *129*

열정, 인내, 타이밍 *130*

실패보다 더 위험한 것 *132*

역사는 지금부터 시작이다 *134*

실패에서 배우지 못하면 실패한다 *136*

정성은 하늘도 감복한다 *140*

경험 없이는 발전도 없다 *142*

더 늦기 전에 *144*

새는 날아가면서 뒤돌아보지 않는다 *146*

교육은 재능을 끌어내는 것 *148*

준비된 자만이 얻을 수 있다 *150*

시간과 땀은 감동으로 다시 찾아온다 *152*

성공의 이유 *154*

잘 넘어지는 법 *156*

심장이 뛰고 있나요? *158*

예술가의 깊이는 간결함이다 *160*

길을 가지 않으면 길은 없다 *162*

미쳐야 미친다 *164*

실패와 성공의 차이 *166*

넓은 바다 *168*

성공하지 못한 이유 *172*

두려움을 설렘으로 *174*

눈빛을 바꿔라, 그러면 운명이 바뀐다 *176*

실천이 답이다 *178*

4장

어른이 된다는 것

세월이 쌓일 때마다 *184*

아프니까 청춘이다 *186*

차향 *188*

어른이 된다는 것 *190*

인생은 마라톤 *192*

지금 당장 셔터를 누르세요 *194*

지혜로운 삶 *196*

세상에서 가장 무서운 무기 *198*

내가 진정 두려워하는 것은 *200*

길이 거기에 있다 *202*

덧칠하면 투명하지 않다 *204*

너무 어렵게 살지 말자 *206*

가식은 오래 가지 않는다 *208*

모든 것에는 때가 있다 *210*

추억은 없어지지 않는다 *212*

반 토막 난 시간 *214*

시간은 나의 스승 *216*

채움과 비움 *218*

이 책에 나온 그림들 *220*

1장.

모두

당신

편

입
니
다

아름다운
관계

좋은 관계는 저절로 만들어지지 않는다.
먼저 배려하고 노력할 때 비로소 싹이 튼다.

따뜻하고 아름다운 관계.
시간이 지나도 변치 않는 마음.

물감놀이 50호

그들은
모두

당신 편입니다

재능으로 그린 그림은 사람들의 머릿속에 남지만,
열정으로 그린 그림은 사람들의 마음속에 남을 것입니다.
가슴으로 그리면 가슴으로 느끼고,
가슴으로 당신을 기억하는 사람들이 주변에 넘쳐날 것입니다.

아무 걱정하지 마세요. 그들은 모두 당신 편입니다.

아가 사랑 100호

새로운
아침

새로운 아침이 밝았다.

새 아침엔 나를 먼저 아끼고 사랑해야겠다.

자신도 사랑하지 못하면서 남을 사랑할 수 있을까?

나 자신을 사랑해야 남도 사랑할 수 있는 법.

새로운 아침 30호

나는 너의
영원한
친구

"앞이 보이지 않고 캄캄하니? 나는 너의 지팡이니 나만 잡고 따라오너라." 하고 그가
말했지.
내게 사랑이 필요할 때 그가 말했지.
"이제 내가 너의 사랑이 되어줄게, 그러니까 웃고 나를 봐. 네게 해줄 말이 있어. 누구
나 다 이 길을 걸어가. 그러니까 나를 믿고 어깨를 펴. 너는 여기서 멈출 수 없어. 길은
오직 하나뿐이고 지금이 시작이야. 우리 이 험하고 아픈 세상을 같이 걸어가자."

그가 시작이고 길이고 진리니까.
"나는 너의 영원한 친구"

Moon Night 100호

핵가족 200호

관심

관심은 멀리 두는 것이 아닙니다. 관심은 눈앞에 두는 것입니다.
추우면 감싸주고, 외로우면 곁에 있어주고, 아무리 잘못해도 너그럽게 용서해주고,
상대방의 행복을 늘 빌어주고, 아프면 대신 아파해주고 싶은 사랑의 마음처럼.

999 Family(시커먼스) 100호

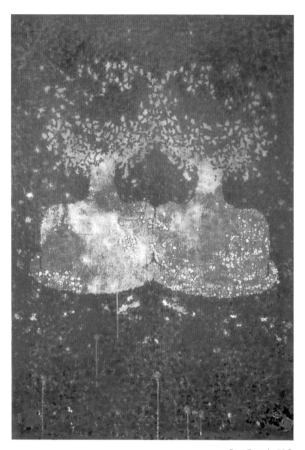

Best Friends 50호

눈에 보이지
않는 것도
있다

눈에 보이는 것이 전부가 아닐 수도 있다.
한쪽 눈을 가려야 더 잘 보일 때가 있듯,
마음의 눈으로 보아야 정확히 볼 수 있는 것들도 있다.
아무리 보려고 애를 써도 소중한 것은 눈에 보이지 않기 때문이다.
두 눈을 감고 느껴본다.
당신의 따뜻한 마음을!

예쁘고
사랑스러운
말

'가족'

세상에서 가장 사랑스러운 말.

'Family'란 'Father and Mother I love you.'란 뜻입니다.

아빠 엄마 나는 당신을 사랑합니다.

참 예쁘고 사랑스러운 말입니다.

Friends 120호

정겨운
목소리

"추운데, 혼자서라도 네가 좋아하는 따뜻한 미역국 끓여 묵으라. 생일날 미역국 안 묵음 몸이 상한단다."

투박스런 전라도 사투리지만 정겨운 목소리, 그립던 어머니의 목소리다. 전화 한 통에 갑자기 눈물이 핑 돈다.

늘, 다 큰 아들 걱정에 먼저 생일을 챙겨주지 못하여 미안해하시는 어머니의 모습이 마음을 아프게 한다. 내게 세상의 빛을 보게 하시려고 낳고 기르시느라 얼마나 힘드셨을까! 어머니를 향한 마음은 죄송함과 가슴 밑바닥부터 아련히 아파져오는 형용할 수 없는 그 무엇인데 말로는 표현할 수가 없다.

그리움이 진해져서일까? 늘 먹는 밥인데, 오늘은 어머니가 해주셨던 밥이 참 먹고 싶다. 칠순을 넘긴 어머니께 이제는 따스한 밥을 대접해야 할 자식이, 이렇게 나이가 들어도 어머니가 해주신 밥이 그리운 걸 보면 나는 거부할 수 없는 울 어머니의 아들이다.

엄마 사랑 2 100호

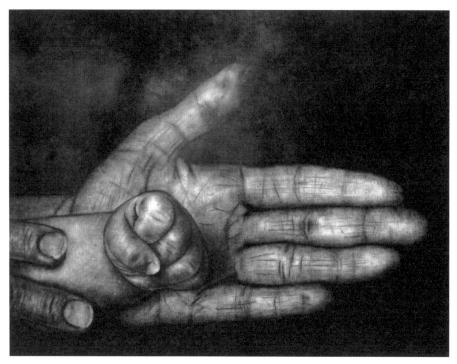

마마보이

놀고 싶으면 놀아라.
세상은 널 버려도 너의 엄마는 받아줄 테니!

돼지코 가족 200호

후회할 일이
생기기 전에

때론 말이 칼보다 더 무서운 무기가 되기도 한다.

아무 생각 없이 말을 쉽게 던지는 사람들이 있다. 무심코 내뱉은 말 한마디 때문에 하루에도 수십 번씩 천국과 지옥을 왔다 갔다 하는 사람이 있다는 사실을 알아야 한다. 더 후회할 일이 생기기 전에 말을 아껴야 한다.

내 안의 나 50호

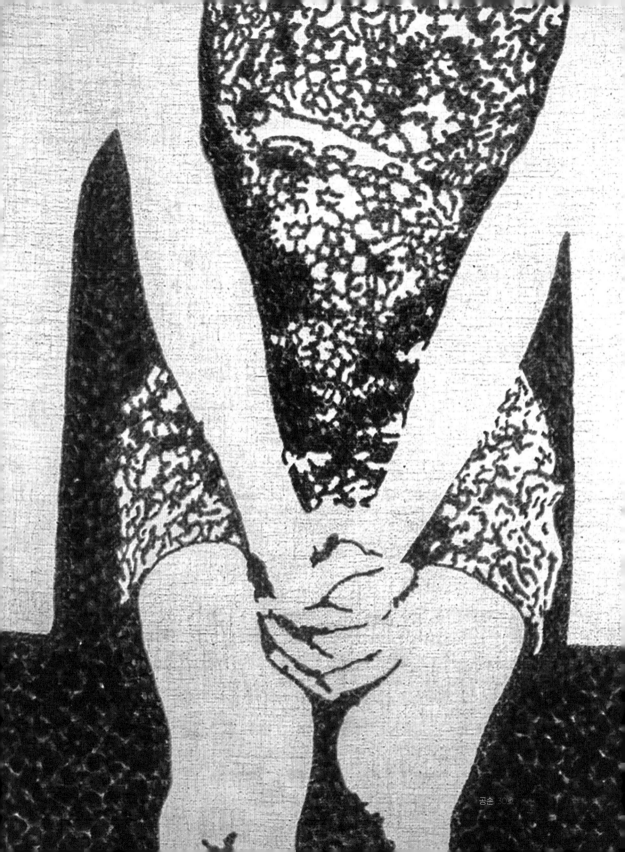

공손 30호

그때는
몰랐다

그때는 몰랐다, 무엇이 더 소중한지를!

어린 시절엔 어떻게 하면 빨리 어른이 될 수 있을까 고민하며, '시간아, 빨리 흘러가라.' 하고 주문을 외웠다.

불혹이 되고 나니 이제는 다시 어린 시절로 돌아가고 싶다고 주문을 외운다. 아직 펼쳐지지도 않은 미래를 걱정하다 소중한 오늘을 놓쳐 버리고 산 건 아니었는지 후회가 남는다.

늘 누군가 나를 사랑해주기만을 원했다. 그것이 당연한 거라 여기며 살았다.

이제는 사랑하는 법을 배우고 실천하며 살아야겠다. 나의 도움을 절실히 필요로 하는 한두 사람에게라도 나눌 수 있는 그런 삶을 말이다.

양귀비 뒤태 50호

미숙과
성숙

사람과 사람 사이에는 얼마나 오래 알았느냐보다 가치관이 얼마나 같은가가 더 중요하다. 가치관이 다르면 바라보는 방향도 다르고 생각도 다르기 때문이다. 미숙한 사람은 자기와 닮은 사람만 좋아하고, 성숙한 사람은 자기와 다른 사람도 좋아한다.

미숙함과 성숙함, 어떤 삶을 살지 선택하는 것은 자신의 몫이다.

급하면
체한다

'급히 먹으면 체한다'는 말이 있다.

언행도 마찬가지다. 뒷감당도 못 할 말을 마구 내뱉는 사람들이 있다. 한번 내뱉은 말은 주워 담을 수 없다. 함부로 남의 말을 하거나 성격이 급한 사람들은 역사 속에서도 위인으로 남지 못하고 비극의 주인공이 되는 경우가 많다.

앞뒤 생각도 않고 상황에 즉각 대응하는 불같은 성격 때문에 위기 뒤에 있는 기회를 보지 못한다. 멀리 내다보는 눈은 가까이 있는 불행을 견딜 힘을 준다.

자연의 이치가 삶의 이치와 같다는 것을 왜 모르는가. 겨울이 가면 따스한 봄이 오듯 힘든 일을 견디면 좋은 날이 온다. 꽃이 한순간에 피어나는 게 아니듯, 역사는 한순간에 써지지 않는다.

아세요? 급히 먹으면 체하고, 뿌린 대로 거둔다는 사실을!

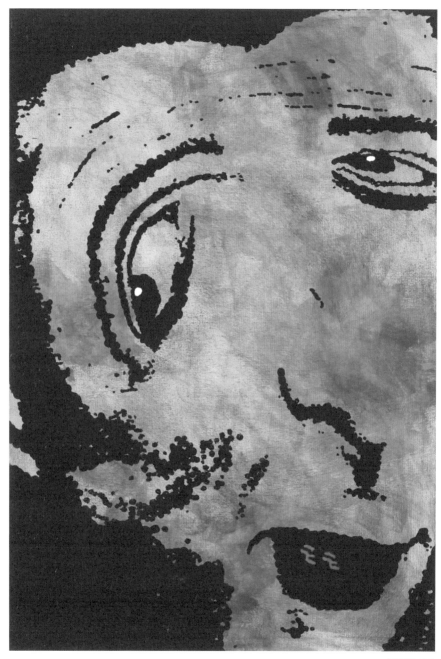

오매불망 50호

진정한
우정이란

네가 곤란하면 나는 언제든지 너를 도와줄 수 있다. 하지만, 내가 곤란할 때 나는 절대로 네 앞에 나타나지 않을 것이다.

이런 자세가 옳다. 서로에게 그렇게 생각할 때 비로소 우정이 성립한다. 옛날에 나는 너를 도와주었는데 너는 지금 왜 날 도와주지 않는 거야 하고 생각하면, 그런 건 처음부터 우정이 아니다.

- 기타노 다케시의 〈생각 노트〉 중에서

그렇다. 남을 도와준 것은 잊어버리고 사는 게 좋다. 그러나 도움을 받은 것은 오래 기억하고 언젠가 꼭 보답하리라 다짐하며 사는 것이 좋다. 어려울 땐 도와주고, 힘들 때는 도움 받고 그렇게 서로 주고받으며 쌓아가는 것이 바로 우정이다.

철수와 영희 20호

인연 100호

나를 위한
편지

괜찮아 괜찮다고
(말해주고 싶어)

그래, 많이 슬프고 외로웠지.
조금만 더 견뎌보렴.
아프고 힘든 나에게
괜찮아 괜찮다고 말해주고 싶어.
잘했다고 잘하고 있다고
따뜻한 말 한마디 던지고 싶어.

지치고 힘든 나의 마음에
상처받고 아파하는 나의 마음에
눈물 흘리는 나의 마음에
이제는 다 괜찮다고 말해주고 싶어.
따뜻하게 앉아주고 싶어.
잘하고 있으니까,
잘하고 있으니까.

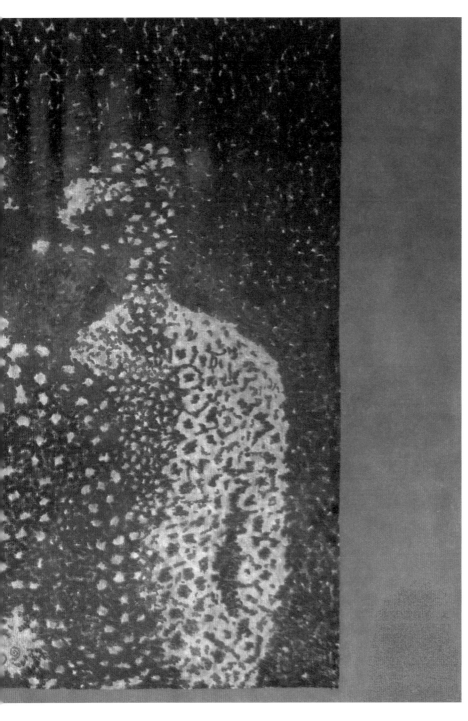

커뮤니케이션 200호

좋은
사람들
속에서

좋은
사람이
태어난다

좋은 차는 좋은 물을 만나야 제맛을 낼 수 있듯이,
사람도 좋은 사람들을 만나야 좋은 향기를 낼 수 있다.
좋은 사람들 속에서 좋은 사람이 태어난다.

따뜻한 마음 120호

행복은

사소한
것으로부터
시작된다

산책하다 보면 평소에 무심코 스쳐 지나갔던 작은 들꽃이 눈에 들어올 때가 있다. 풀숲에 숨어있던 작은 꽃의 아름다움을 발견하는 순간이다.

삶도 그렇다.

때론 자신이 걸어온 길을 돌아볼 필요가 있다.

무심하게 스쳐버린 사소한 것, 웃으며 떠들었던 일. 맛있게 먹었던 기억, 어머니에게 꾸중 들었던 일, 영화를 보며 울고 웃고 감성에 빠졌던 일들 속에 행복이 숨어있다.

잠시 멈춰서 뒤돌아보면 소중한 것들과 만나게 될 것이다.

봄나들이 50호

Do You Bicycle 150호

눈송이가
나뭇가지를
꺾는다

아무리 화가 나도 언성을 높이지 않는 성숙한 인격이 그렇지 못한 자의 경솔함을 부끄럽게 만든다. 모든 사람이 다 자신보다 못나 보인다고 생각하는 사람은 자기 의견이 반영되지 않을 때 남을 무시해버리는 나쁜 습관이 있다. 약한 것에 강해지는 것은 누가 보아도 약한 모습이거늘, 강한 척 으스댈 필요가 있을까? '척' 한다고 강해지는 것은 아니다.

'외유내강(外柔內剛)'

부드러운 것이 강한 것을 이기는 것이 강약의 이치임을 알아야 한다. 눈송이가 나뭇가지를 꺾는다는 것을!

천상의 꽃(베니스비엔날레 출품작) 100호

해명하고
싶지 않은

오해

살다 보면 나의 의도와는 다르게 오해가 생기지만,
가끔은 해명하고 싶지 않은 오해도 있다.
변명은 나를 구차하게 만들기 때문이다.

차라리 그것을 빌미로 멀어지고 싶다.

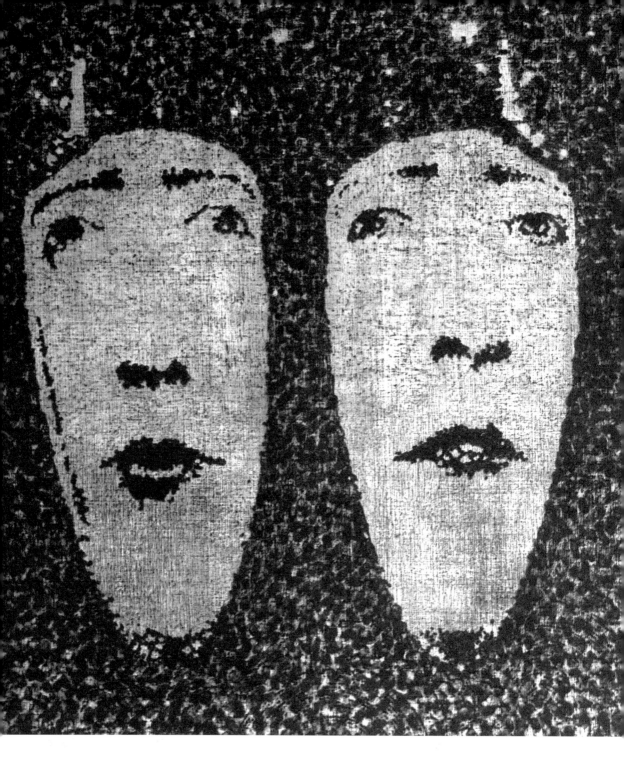

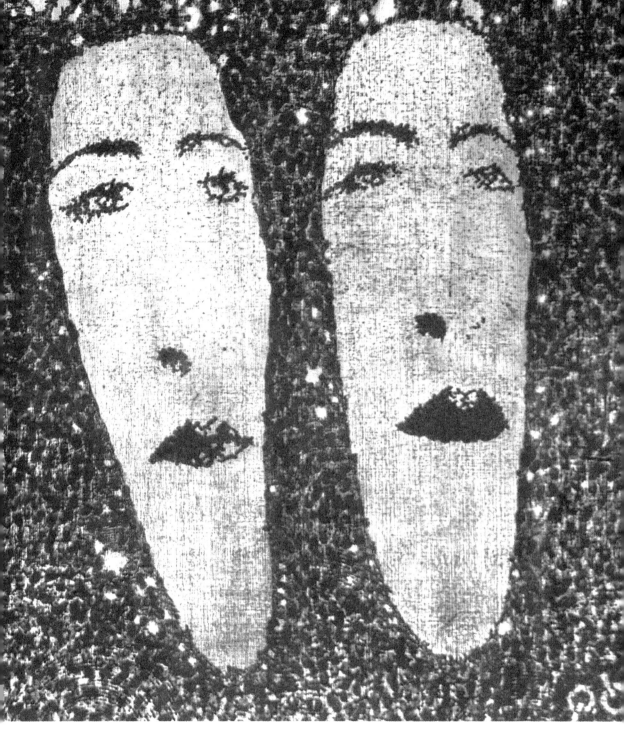

관계 200호

솎아내야겠어

올해는 진정한 친구를 위해 사람을 좀 솎아내야겠어.

만나서 하염없이 떠들어도 돌아서면 아무것도 남는 게 없는 사람, '저들'에게는 가혹하면서 '우리'에게는 후한 사람, 그런 사람을 올해는 좀 솎아내야겠어.

그럼 누구를 남겨 두냐고?

그야 좋은 친구지!

어떤 사람이 좋은 친구냐고?

나 자신을 돌아보게 해주는 사람, 함께 침묵하고 있어도 마음이 편한 사람, 그리고 입이 무거우면서도 침묵을 아는 사람이지.

인연 100호

나의
인연,

귀한
인연!

살다가 기쁜 일이 있어 제일 먼저 자랑하고 싶은 이가 당신이기를! 이 세상 다하는 날
까지 위로를 주고받는 이가 당신이기를! 서로에게 행복을 주고 따듯함으로 기억되는
이가 당신과 나이기를! 지금 이 글을 읽는 당신과 내가 그런 귀한 인연이기를!

프로포즈 9 30호

님은 먼 곳에 60호

그리운
사람 하나

척박한 삶이라 할지라도 아침 햇살처럼 소중한 가슴에
그리운 사람 하나 넣어 살아가고 싶다.
언제든 보고플 때 살며시 꺼내 볼 수 있도록!

멀리는
가지 마

삼천궁녀 50호

힘들어도 너무 멀리는 가지 마.
내가 너를 찾을 수 있게 말이야.

새 출발 30호

늘
물어보고
싶었어

늘 물어보고 싶었어. 잘 지내지?

밥은 먹었니?

몸은 괜찮니?

어디 아픈 데 없어?

별일 없는 거지?

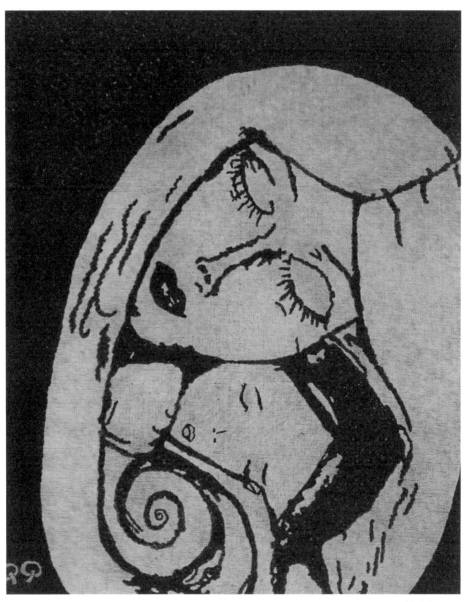

엄마 사랑 6 100호

내 마음
다 아시잖아요

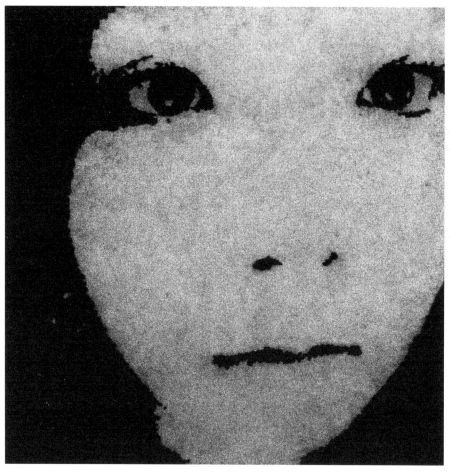

순정 100호

기도를 했다.

1초도 안 돼 기도를 마쳤다.

하나님께서 물었다.

왜 그리 기도가 짧은 거냐고.

나는 대답했다.

내 마음 다 아시잖아요.

산들바람 100호

2장。

행복은

소리

없이

늘
다른 아침

아침은 늘 다르게 찾아와.

어떤 날은 상쾌하게, 어떤 날은 찌뿌듯하게.

날씨도 매일 똑같지 않아. 해 뜨고, 비 내리고, 눈 오고, 안개가 덮이고….

마음도 예외는 아니야. 하루하루 감정의 굴곡이 심해져서 우울함이 파고들면 마음에

마술이라도 부려보고 싶어. 모자 속에서 튀어나오는 새처럼 희망차게 변할 수 있도록.

어떻게 하면 아침을 행복하게 맞이할 수 있을까?

'그래, 아침에 희망을 심어보는 거야.'

해꽃 200호

웃으면
행복해진다

많은 사람이 말로는 쉽게 "행복하다", "기쁘다" 말하지만, 과연 얼마만큼 행복하고 얼마나 기쁘게 살아가고 있을까요?

아무리 찾아봐도 어린아이가 천진난만하게 웃는 모습보다 행복하고 기쁜 것은 세상에 없는 것 같습니다. 어린아이가 천진난만하게 웃는 모습을 보면 저절로 웃음이 나옵니다. 그것이 내가 '동심'을 그리는 이유입니다. 동심을 찾아 우리의 마음도 어린아이의 순수를 만나 기쁨이 솟아나 행복해졌으면 하는 바람입니다.

행복해서 웃는 것이 아니라 웃으면 행복해집니다.

가족 50호

천상의 세계 30호

천국이
거기에
있다

많은 것을 가졌음에도 행복해하지 않는 사람들이 많다.
진정한 행복은 소유가 아니라 나눔에 있다는 것을 모르나보다.

더 늦기 전에 나눔의 행복을 느껴보세요.
이제 당신이 참 행복을 누릴 차례입니다.

크레파스 집 60호

화가
날 때마다
해양불수 海洋不水

화가 났던 때를 생각해본다.

어떤 사람에게 화가 났던 것일까?

역시나 대부분 믿었던 사람들이다. 믿었던 사람이 아니면 그렇게까지 화가 나진 않는다. 관심이 있었기에 화가 난 것이다.

화가 날 때마다 해양불수(海洋不水)를 떠올린다. 바다는 강물을 마다하지 않는다는 뜻이다. 큰 바다는 강물이 더럽다 하여 배척하고, 깨끗하다 하여 받아들이진 않는다. 모든 것을 다 받아들이고 스스로 그 물을 자기 안에서 정화하여 자기 것으로 만들어간다.

일을 그르칠 때는 화를 다스리지 못해서 비롯되는 경우가 대부분이다. 화를 다스릴 수 있다면 절반은 성공이다.

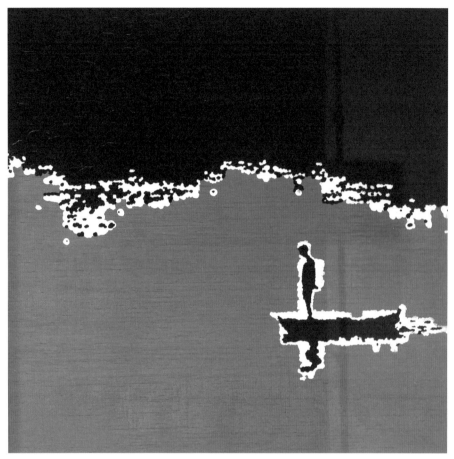

겨울 바다 30호

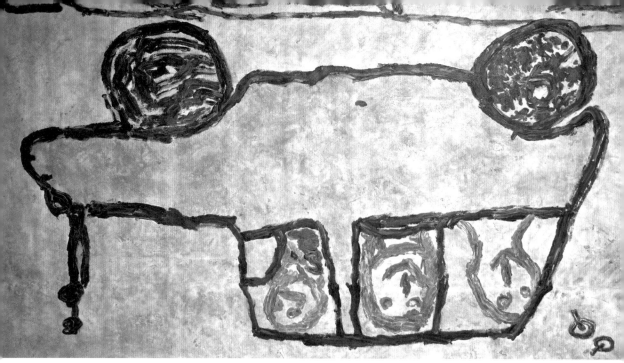

부정의
반대말은

희망이다

많은 사람은 해보지도 않고 미리 판단해버린다. 불가능하다고.

가능하다고 자신해도 이루기 어려운 것이 성공이다. 그런데 이미 불가능하다고 당신
이 답을 내렸다면, 그것은 당신이 옳다. 실패할 것이 분명하기 때문이다.

하지만 부정의 반대말은 긍정이 아니라 희망이다.

말한 대로 된다.

부정적으로 살 것인지, 희망을 품을 것인지는 온전히 당신의 몫이다.

꿈꾸는 소녀 150호

새 생명 50호

희망은
배신하지
않아요

희망은 언제나 배신하지 않아요.

배신하는 건 언제나 자기 자신이죠.

도망가려고 하면 할수록 희망은 멀어져간다는 사실을 알아야 해요. 하루가 전쟁터라고 생각하면 전쟁터가 되고, 놀이터라고 생각하면 놀이터가 돼요.

중요한 건 하루를 어떻게 살 것인가 하는 거예요. 전쟁터로 살 것인지, 놀이터로 살 것인지.

오늘은 하루라는 놀이터에서 희망을 품어보세요.

내일은

내일의
태양이
떠오른다

기대가 클수록 실망도 크다.

문제는 실망이 아니라 절망감, 바로 두려움이다.

살면서 두려움만 떨쳐버릴 수 있다면 고달픔과 어려움은 아무것도 아니다.

힘들다 생각하면 더 힘들어지는 것이 사람 마음이다.

일체유심조(一切唯心造).

세상사 모든 것은 마음먹기에 달려있다. 모든 것은 마음이 만들어낸다.

심지가 약한 사람들은 코너에 몰려 죽을 만큼 힘들 때, 죽으면 끝이라는 못난 생각에 생을 포기하기도 한다. 안타깝게도 그들은 다음 날 빛나는 태양이 떠오른다는 사실을 모른다.

기억하세요. 내일은 내일의 태양이 떠오른다는 것을. 동트기 전의 새벽이 가장 어둡다는 사실을!

내일의 태양 100호

아직도
행복을
적금하시나요?

행복은 절대로 내일을 위해 오늘을 희생하는 것이 아니다.

오늘 행복하지 못한 사람은 내일도 행복하지 못할 확률이 높다. 행복은 적금이 아니기 때문이다.

많은 사람이 하고 싶고, 가고 싶고, 먹고 싶고, 사고 싶은 것을 아끼고 참으며 살아간다. 웃음마저 저당 잡힌 채 말이다. 그러면서 난 행복하지 않다고 말한다.

기억해두세요. 행복은 적금하는 게 아닙니다. 지금 당장 행복해져야 합니다.

행복해지고 싶다면 지금 행복을 찾아보세요. 행복은 멀리 있지 않습니다. 이제는 찾아서 누려보세요.

파파 & 마마 100호

행복은
소리 없이

나는 행복하지 않다고 투정 부리고 있니?

마냥 행복해 보이는 사람도 알고 보면 눈에 보이는 게 다가 아닐 수도 있어. 살다 보면 힘든 순간이 많지만, 열심히 살다 보니 행복한 일도 찾아오더라.

행복은 바람 같은 존재여서 잡으려 하면 멀어지고, 마음을 비우면 찾아온다. 아무 소리 없이!

구구걸스 쥬쥬 10호

가끔은
하늘을 보세요

가끔 하늘을 보곤 한다.
마음이 답답하거나 울적할 때 꼭 하늘을 본다.
그때마다 하늘은 나의 마음을 달래주듯 늘 환하게 맞이해준다.

가끔 하늘이 울 때가 있다. 그땐 세상이 어두워진다.
비 오는 날은 세상이 우는 날이다.

가끔은 하늘에서 하얀 솜이 내리기도 한다. 그땐 온 세상이 환해진다.
추운 겨울날 춥지 말라고 하늘이 하얀 솜을 내려준다.

가끔은 하늘이 큰소리를 칠 때가 있다. 그땐 온 세상이 무서워한다.
번쩍번쩍 빛을 내며 화를 내는 하늘이 정말 무섭다.

그래도 하늘은 웃어줄 때가 더 많아서 울고 화를 내도 모든 사람이 좋아하나 보다. 그런 하늘을 나는 무척 좋아한다.

가끔은 하늘을 올려다보세요.
그러면 하늘이 웃으며 당신을 반갑게 맞아줄 거예요.

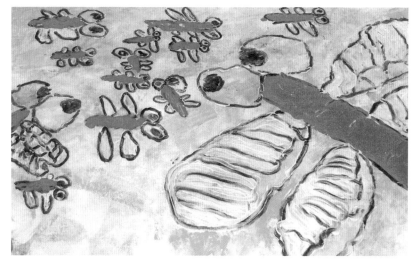

고추잠자리 200호

동심 200호

슬픔의
치료제는
나눔입니다

절망에 빠져있나요? 희망이 필요하세요?

그럼 나눠보세요.

나눔에는 신비한 힘이 있습니다. 슬픔과 외로움의 유일한 치료제는 나눔입니다. 나눔은 어려움을 극복하게 해주고 마음이 우울할 때나 괴로울 때나 평온을 선물해줍니다. 그리고 그 어떤 것보다 더 강한 에너지가 나를 포옹합니다.

그것이 바로 나눔입니다.

행복한 기다림 30호

희망이
무엇일까요?

절망 속에 빠져있을 때 우리는 이제 희망이 없다고 단정해버린다. 희망은 밟히면 밟힐수록 뿌리가 깊어지는 잔디처럼 끈질기게 자라나는데 말이다.

희망이 보이지 않는가?
희망은 모든 걸 포기하고 주저앉는 그 자리에서 힘차게 솟구쳐 올랐다. 희망은 사라지지 않는다. 단지, 눈에 보이지 않을 뿐이다.
소중한 것은 눈에 잘 보이지 않는 법이니까!

포기하지 마세요!
희망이 거기에 있습니다.
희망은 언제나 그 자리에서 우리를 기다리고 있다는 것을 잊지 마세요.

무지개 풍선 30호

Inside Me 100호

마음도
쉴 공간이
필요하다

다람쥐 쳇바퀴 돌 듯하는 인생, 가끔은 엉뚱하게 스트레스를 풀고 싶을 때가 있다. 그럴 때 틀에 박힌 일상에서의 탈출은 기분전환이 된다.

마음의 병은 몸의 병을 만든다. 때로는 마음도 쉴 공간이 필요하다.

한쪽으로 쌓인 것은 다른 한쪽으로 풀어주어야 한다. 어차피 인생이 시소와 같은 게임이라면, 좋은 것도 나쁜 것도 스스로 조절하는 수밖에 없다. 쌓인 스트레스는 자기 자신이 풀어갈 수밖에 없다.

인정은
또 다른
긍정이다

완벽을 추구하는 삶을 사느라 애를 써보지만, 완벽한 사람이 존재할까?

세상에 모든 사람의 마음에 드는 완벽한 사람은 없을 것이다.

'다른 사람이 나를 어떻게 생각할까?' 하는 상상은 창의력을 방해한다. 창의력을 방해받지 않으려면, 남을 의식하는 허례허식은 머릿속에서 지워버리고, 남을 의식하는 눈으로부터 자유로워져야 한다. 그러지 않으면 늘 남의 눈을 의식하고 열등감에 사로잡혀 평생 변명 아닌 변명 속에서 살게 될 수도 있기 때문이다.

'변명 없이 열등감을 인정하는 것'은 어려운 일이다. 그러나 잘못했을 때 변명하지 않고 있는 그대로를 인정하면 상대는 오히려 할 말이 없어진다.

독일 축구 국가대표팀 감독으로 내정됐던 크리스토프 다움은 코카인 복용 혐의를 추궁하는 기자회견장에서 "그래요, 저는 코카인을 복용했습니다. 질문하시지요."라고 대답했고, 기자들이 더 이상 질문하지 못했다는 글을 읽은 적이 있다.

때론, 정확한 비판에는 인정이 가장 현명한 답이 될 수 있다. 비판을 인정한다는 건 또 다른 긍정이다.

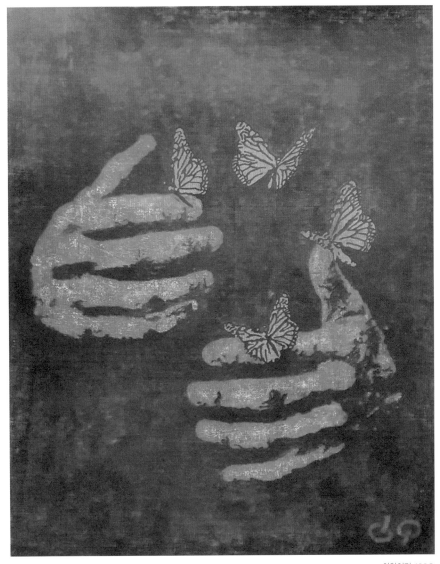

화양천리 100호

감사할수록
감사할 일이
생긴다

독일에서 전해 내려오는 옛이야기입니다. 어느 해인가 그 땅에 극심한 흉년이 들었습니다. 그래서 많은 사람이 굶주렸습니다. 그때 돈 많은 노인 부부가 날마다 빵을 만들어서 동네 어린아이들에게 나누어주었습니다. 그들은 아이들에게 매번 빵을 한 개씩만 가지고 가도록 했습니다. 그러다 보니 아이들은 서로 조금이라도 더 커 보이는 빵을 차지하겠다고 난리였습니다.

그러나 그 가운데 한 여자아이만큼은 예외였습니다. 언제나 맨 끝에 섰습니다. 자연히 그 아이에게 돌아가는 빵은 항상 제일 작은 것이었습니다. 아이들은 저마다 더 큰 빵을 차지하는 것에 정신이 팔려 빵을 나누어 준 노부부에게 고맙다는 말조차도 제대로 하지 않고 떠났습니다. 그러나 그 여자아이는 제일 작은 빵을 차지하면서도 언제나 깍듯하게 감사하다고 마음에서 우러나오는 인사를 하고서 집으로 돌아갔습니다.

여자아이는 집에 와서 빵을 먹으려고 하다가 그만 깜짝 놀랐습니다. 빵 속에 금화 한 닢이 들어있었기 때문입니다. 그 옆에 메모지에는 이렇게 적혀 있었습니다.

"이것은 너처럼 작은 것일지라도 잊지 않고 감사하는 사람을 위해서 우리가 마련한 선물이란다."

감사할수록 감사할 일이 생긴다는 것을 알아야 합니다.

스마일 걸 200호

희망은 배신하지 않아요 60호

과거는
바꿀 수
없지만,

미래는
바꿀 수
있다

과거는 어쩔 수 없습니다. 그러나 미래는 바꿀 수 있습니다.

난관에 직면했을 때 당장은 길이 보이지 않을 수도 있습니다. 하지만 보이지 않는다고 해서 길이 없다는 뜻은 아닙니다. 천천히 한 걸음씩 발을 옮기다 보면 때는 찾아옵니다.

앞으로도 우리의 삶에 구구절절한 사연들이 어떻게 펼쳐질지 모르지만, 굉장히 멋지고 흥미진진한 이야기가 되리라는 것만은 확실합니다.

당신의 인생을
바꾸어줄

한 걸음

시시때때로 변하는 오묘한 마음을 잘 다스리지 못하면 바람에 흔들리는 갈대처럼 이리저리 흔들리는 자신과 마주하게 된다. 마음도 갈대가 되어버린다.

고통과 좌절과 실패는 누구에게나 찾아온다. 온갖 고난이 한 번에 몰려올 때도 있고, 때로는 몸과 마음이 온통 상처투성이가 될 때도 있다. 하지만 고난은 우리의 그릇역량을 키워주는 훌륭한 스승이기도 하다. 그래서 잘 견디어야 한다. 포기하고 싶을 때, 이것이 마지막이라 생각하고 온 힘을 다해 힘껏 내디뎌 보라. 그 한 발이 당신의 인생을 바꾸어줄 것이다.

비 오는 날 오후 30호

소욕지족 15호

부유한
사람이란

삶에 여백이 있듯 물건을 소유하는 것에도 여백이 있어야 한다.

아쉬운 것 없이 너무 풍족하면 거기에 휩싸여 배부른 돼지처럼 무디어지게 된다. 귀하고 소중함을 모르는 사람은 빈 껍데기 인생을 사는 것과 다름없다. 좀 모자라고 아쉬운 것도 있어야 그것을 갖고자 하는 기대와 소망을 품게 되고 노력하게 된다.

눈 뜨면 새로운 물건들이 쏟아져 나와 눈을 어지럽히는 풍요로운 세상 속에서 정신을 똑바로 차리지 않으면 결국 우리는 물질의 노예가 되고 만다. '나답게' 살 줄 아는 사람이야말로 진정한 이 시대의 주인이라 할 수 있다. 그러기 위해서는 적게 소유하고, 작은 것에 만족하고, 귀하고 소중하게 여겨야 한다.

부유한 사람이란 자기 분수에 만족할 줄 아는 사람이다.

눈물이
아름다운
이유

사람은 자기가 흘린 눈물만큼 인생의 깊이를 안다.

눈물이 아름다운 이유는 어떠한 상황에서도 포기하지 않고 다시 시작하는 용기와 희망이 있기 때문이다.

인생의 밑바닥에 내려갔다고 주저앉아 절망하고 있는가? 희망조차 보이지 않는다고 원망하고 있는가?

포기하지 마라. 무슨 일이든 맨 처음으로 돌아가 다시 시작하면 된다.

희망은 포기하고 싶을 때, 마지막으로 한 발 더 내딛는 그 발끝에서 태어난다는 사실을 잊지 말아라.

들어주소서 100호

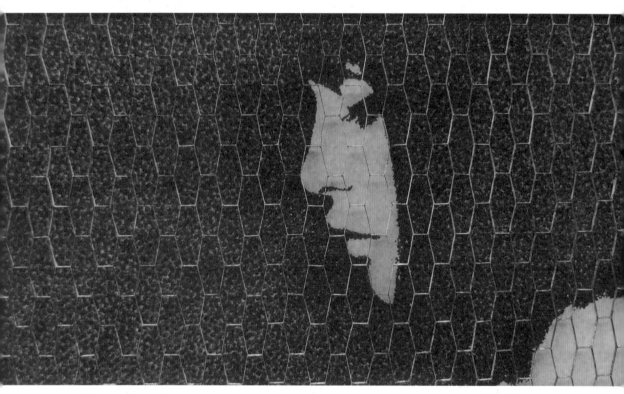

귀향 200호

구구걸스 미미 10호

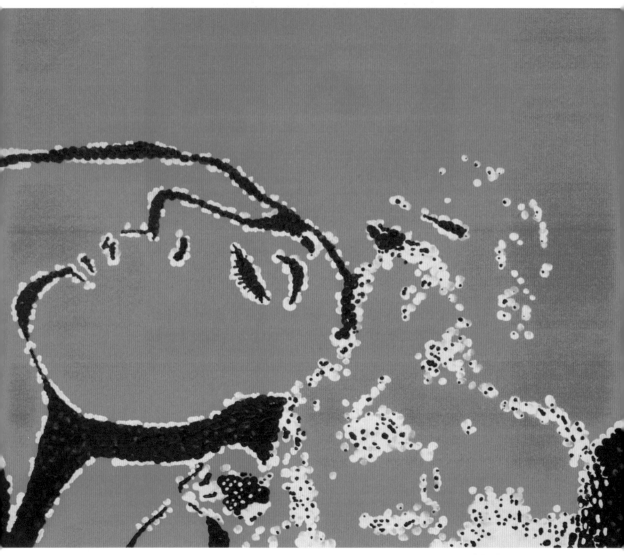

슬리핑 뷰티 50호

일체유심조

내 마음이 악한 데 머물면 그것이 곧 지옥을 만들고, 내 마음이 착한 데 머물면 그것이 곧 천국을 만든다. 누가 그렇게 만든 것이 아니라 자기 스스로 그렇게 지어서 만드는 것이다. '일체유심조(一切唯心造)'. 우리를 지금의 우리로 만든 것도 다름 아닌 바로 우리 마음이다.

적은

내
마음에
있다

어떤 싸움에서도 두려워하면 이길 수 없다.

두려움은 자신과의 싸움이다.

세상에서 가장 무서운 적, 희망과 용기가 대적할 적은 두려움이 아니라 할 수 없다고

믿는 자신의 마음이다.

추억(창밖의 소녀) 80호

지나고 나면
좋은 것

지나고 나면 좋은 것,

그건

바라지 않고 무언가를 나누었을 때

얻게 되는 '보람'.

아이 마음 200호

아이 마음 200호

한 발짝만
더

힘들어 죽을 것 같은가요?
죽을 만큼 힘들어도 1미터는 더 갈 수 있지 않을까요?
포기하지 말고 한 발짝만 더 내딛어요.
거기에 희망이라는 천국이 있으니!

절개 100호

소박한
8색 크레파스

그 옛날, 내 짝꿍 크레파스는 36색이었습니다.

크레파스 통도 아주 멋졌습니다. 손잡이가 달린 가방을 펼치면 양쪽으로 나뉜 플라스틱 케이스에 36개의 크레파스가 제각각 색을 뽐내며 들어있었습니다. 거기에는 금색과 은색도 있었습니다. 하지만 내 크레파스는 8색이었습니다. 조그마한 직사각형의 종이 상자에 골판지 이불을 덮고 옹기종기 누워있던 내 크레파스.

짝꿍이 36가지의 색 중 어떤 색을 선택해야 할지 몰라 행복한 고민을 하고 있을 때난 8가지 색을 골고루 칠하고도 비어있는 도화지를 놓고 어쩔 줄 몰라 하고 있었습니다. 내 그림에도 빛나는 황금색을 칠한다면 정말이지 금빛 세상이 될 것만 같았습니다.

그날은 엄마의 모습을 그리고 있었습니다. 난 짝꿍처럼 엄마 손에 금반지를 그려 드리지는 못 할지라도 엄마가 제일 좋아하는 보랏빛의 블라우스를 입혀 드리고 싶었습니다. 하지만 할 수 없이 파란색으로 블라우스를 칠했습니다. 엄마가 너무 추워 보였습니

다. 다시 따뜻해 보이는 빨간색으로 그 위를 덮었습니다. 그 순간 블라우스는 보랏빛으로 변하고 엄마는 눈부시게 웃고 있었습니다. 너무 신기했습니다. 빨간색과 노란색을 섞어 할머니가 좋아하는 주황색 감도 그릴 수 있었고, 초록색과 노란색으로는 완두콩처럼 예쁜 연둣빛도 만들 수 있었습니다.

그날 이후로 짝꿍의 금색, 은색의 크레파스가 전혀 부럽지 않았습니다. 나에게는 요술쟁이 크레파스가 있었으니까요. 그날 못나게만 보였던 8색 크레파스를 통해 소중한 삶의 비밀을 선물로 받았습니다.

지금 GuGu의 삶에도 화려한 빛깔의 많은 크레파스는 없습니다. 물론 금색, 은색도 없습니다. 그러나 GuGu에게는 소박하지만 따사로운 색을 만들어낼 수 있는 크레파스가 있습니다. 오늘도 GuGu는 새벽이 열리는 남양주 어느 한적한 곳에서 GuGu가 가지고 있는 GuGu의 빛깔로 아름답고 소박하게 오늘을 그리려 합니다.

누군가
그런 말을
했어요

누군가 그런 말을 했다.

달걀이 스스로 깨지면 병아리가 되지만, 남이 깨면 프라이가 된다고.

우리 인생도 그런 것이 아닐까? 스스로 벽을 깨고 나오면 다시 새롭게 시작하고 성장할 수 있지만, 타인에 의해 깨어지면 먹잇감이 될 수밖에 없다.

당신은?

시간이
말해주는 것

시간이 지나 보면 알아.

울고, 웃고, 떠들고, 싸우고, 고민하고, 아무것도 아닌 일에 분노하고, 다시 웃고 즐거워
했던 사소한 일들이 얼마나 소중하고 행복했는지 말이야.

피크닉 300호

3장.

가지

않으면

길은

없다

당신의
미래는
무엇인가요?

미래는 여러 가지 이름을 가지고 있습니다.
약한 자들에게는 불가능이란 이름으로, 겁 많은 자들에게는 미지라는 이름으로, 용기
있는 자들에게는 기회라는 이름으로 불립니다.

당신의 미래는 어떤 이름인가요?

구구의 포비즘 1000호

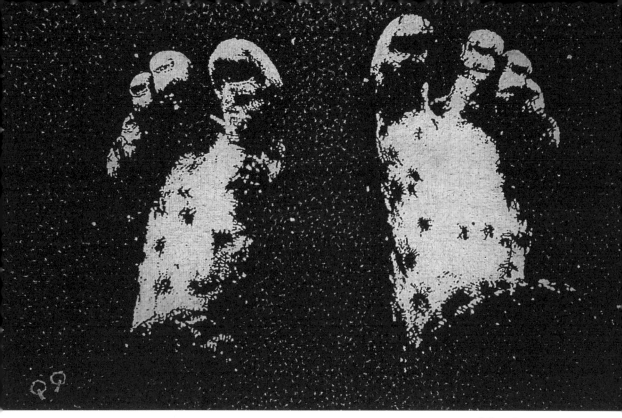

성공은

다섯 번 실패하고 다섯 번 열심히 하면 된다.

삼진 한 번 당했다고 영원히 타석에서 물러나는 건 아니다. 경기에 참여해서 계속 방망이를 휘두르고 있는 한 여전히 타자다.

성공은 실수에 기죽지 않고 다시 실수하기 위해 일어나는 사람에게 찾아온다.

과정이 성실하면
결과도 성실하다

결과보다 과정이 중요하다고 한다. 그러나 결과보다 과정을 인정하는 사람은 없다.
눈앞에 보이지 않는 결과는 과정이 아무리 힘들었다 해도 별 의미가 없다.
과거는 이미 지나버린 과거일 뿐이다. "왕년에 나 잘 나갔어."라는 말을 하지만, 아무리
화려한 과거도 현재가 되지는 않는다. 현재의 결과 앞에서는 그저 궁색한 변명에 불과
하다. 구차스러운 변명보다 지금의 과정을 인정받을 수 있는 작은 결과가 낫다.
과정이 성실하면 결과도 성실하다.

댄스 100호

열정,
인내,
타이밍

코끼리를 바늘 하나로 죽일 수 있는 방법이 있다.

첫 번째는 죽을 때까지 찌르는 것이다. 두 번째는 한 번 찌르고 죽을 때까지 기다리는 것이다. 세 번째는 죽기 직전에 찌르는 것이다.

이것이 무슨 의미일까?

첫 번째는 작은 일에도 정성을 다하면 이루어진다는 것, '열정'이다.

두 번째는 모든 준비를 다 하고 때를 기다린다는 것, '인내'이다.

세 번째는 지금까지 비축해놓은 힘을 한 방에 쏟아붓는다는 것, '타이밍'이다.

불가능을 가능하게 하는 것이 열정, 인내, 타이밍이다.

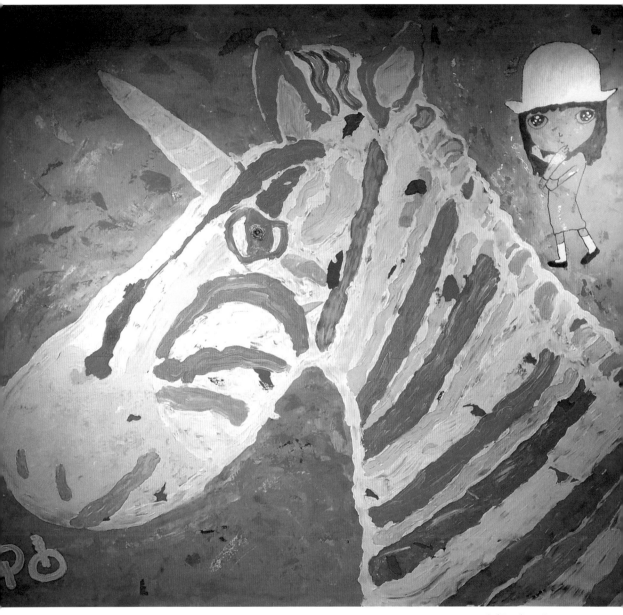

유니콘 소녀 500호

그리운 사람 하나 60호

실패보다
더 위험한 것

누구나 인생에서 겨울과 같은 위기와 시련을 맞이한다. 그러나 시련과 위기가 왔을 때 겨울나무처럼 앙상해 보이는 것이 두려워 아무것도 하지 못한다면, 다음 해 봄날 무성한 이파리가 달린 나무는 결코 될 수 없을 것이다.

– 반기문 전 UN 사무총장

실패하지 않는 가장 좋은 방법은 아무것도 하지 않는 것이다. 그러나 실패가 두려워 아무것도 하지 않는 것보다 더 위험한 것은 없다.

역사는
지금부터
시작이다

어느 날 기자가 찾아와 GuGu에게 물었다.
"당신의 작품 중에서 최고의 걸작은 무엇입니까?"

GuGu는 웃으면서 말했다.
"아마도 다음 작품이겠지요."
그리고 이런 말을 남겼다.
"천국과 지옥은 하루에도 몇 번씩 제 머릿속을 오갑니다. 그래서 저는 아무리 악조건이 생겨도 별로 놀라지 않습니다. 오히려 기대하지 않았는데 좋은 일이 일어나면 놀라지요. 그리고 한편으로는 기쁩니다."

나는 내 인생에 대해 어떠한 대책도 없다. 물론 미래에 대한 대책은 더더욱 없다. 내게 인생이란 하루하루가 도전일 뿐이다. 하루하루가 오묘하여 어떻게 바뀔지 모른다. 그 변덕 속에서도 나의 꿈과 야망은 강하게 살아 꿈틀거린다. 그리고 죽는 순간까지 끊임없이 도전하는 현역 예술가로 남아 숨 쉴 것이다. 남들보다 꿈을 일찍 이루었다 하여 으쓱하지 않는다. 내 사전에 자만은 없다. 과거의 작은 성공은 과거일 뿐이다.
나의 역사는 이제부터가 시작이다.

GuGu Girls 500호

실패에서
배우지 못하면
실패한다

'실패에서 배우지 못하면 실패한다'는 말이 있다.

살면서 실패했다면 너무 자책하지 말고 실수를 빨리 인정하고, 다음부터는 실수하지 않겠다는 마음을 가져야 한다. 그래도 또 실패하면 '아, 내가 또 같은 실수를 했구나, 다음에는 바보 같은 실수를 하지 말아야지.' 하면 된다. 이미 한 실수에 대해 화를 내고 후회하고 따지고 자책하고 자포자기하면, 그것은 시간 낭비요 인생 낭비다.

길을 가다 돌부리에 걸려 넘어졌을 때 재수 없다고 욕할 것이 아니라 빨리 상처를 치료하고 다시 길을 가야 한다. 지나간 일을 후회하거나 자책한다고 이미 엎질러진 물을 다시 담을 수 없다. 앞으로 나아가야 할 길을 생각해야 한다.

과거는 과거일 뿐이다. 과거를 붙들고 있으면 현재는 더 고달플 뿐이다. 과거에 얽매이지 말고 현재에 최선을 다해 미래로 나아가는 연습을 해야 한다. 인생은 기다려주지 않는다. 과거에 연연하지 말고 이제는 나아가보자! 첫발이 어렵지 한 발 내디디고 나면 의외로 쉬운 것이 인생길이다.

모든 것은 마음먹기에 달려있다.

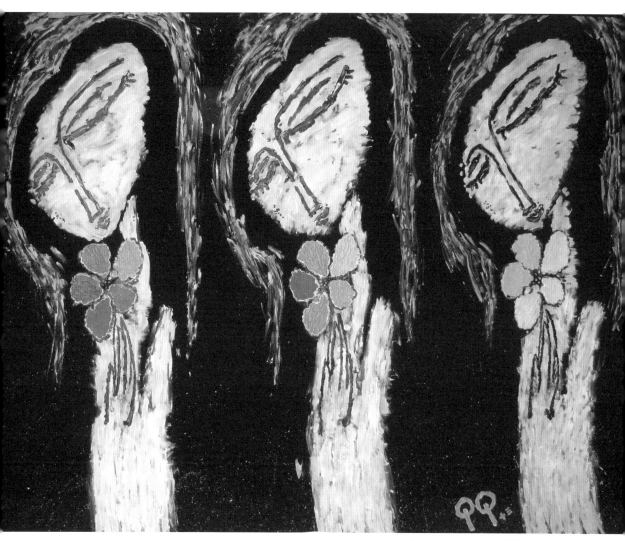

순정 1000호

눈동자 50호

Happy Lips 100호

정성은
하늘도
감복한다

인디언들이 기우제를 지내면 반드시 비가 내린다.
비가 올 때까지 기우제를 드리기 때문이다.
정성은 하늘도 감복한다.

아리아리랑 300호

경험
없이는
발전도 없다

살아가면서 좋지 않은 일이 생기거나 처참한 실패가 앞을 가로막을 때 생각합니다.
'하늘이 나에게 또 멋진 선물을 주셨구나.'라고요.

쓰디쓴 선물을 통해 참된 나 자신을 찾아가라는 귀한 사인이니 어찌 마다하겠습니까?

소중한 기회를 주심에 감사해야지요. 달궈진 쇠가 담금질을 통해 단단해지면서 멋진 칼이나 연장으로 만들어지는 이치를 깨닫게 됩니다.

'젊어 고생은 사서도 한다'는 속담이 있습니다. 이왕 벌어진 일이라면 즐겁게 받아들이고 즐겨야 마음이 웃을 수 있습니다.

경험해보지 않고는 제대로 알 수 없는 것이 인생입니다. 경험 없이는 발전도 없습니다. 당신이 체험하는 그 모든 것들은 돈 주고도 살 수 없는 소중한 것이라는 걸 알아야 합니다.

내 안의 나 60호

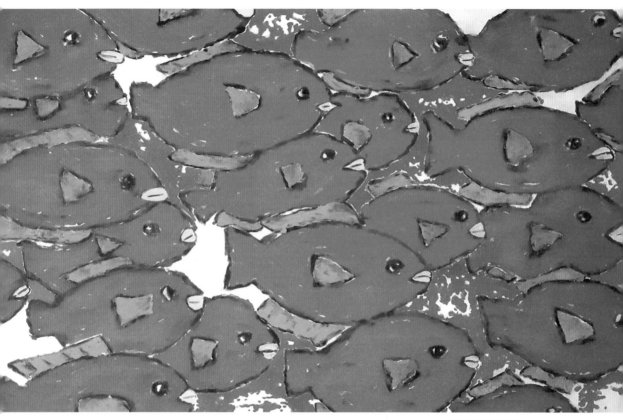

열정의 물고기 200호

더 늦기 전에

차를 타고 길을 갈 때 내비게이션만 믿고 가다가 낭패를 당한 적이 있나요?

길잡이 정도로 생각하지 않고 전적으로 믿었던 결과입니다.

우리의 인생 또한 마찬가지입니다.

옳다고 믿고 갔는데 잘못된 길로 들어섰다면 더 늦기 전에 방향을 수정할 필요가 있습니다.

인생은 수정할 수 없지만, 방향은 수정이 가능합니다.

내비게이션을 너무 믿지 마세요. 내비게이션은 기계일 뿐입니다.

강가의 추억 200호

새는

날아가면서
뒤돌아보지
않는다

새는 날아가면서 뒤돌아보지 않는다.

목적지가 정해지면 오직 앞만 보고 부지런히 날갯짓을 할 뿐이다.

블루 오션 300호

바다 이야기 2(블루 오션) 1000호

147

천진난만(해피 바이러스) 1000호

교육은
재능을
끌어내는 것

교육의 참가치는 누군가의 잠재능력을 발견하고 그 재능을 끌어내는 것이다.

누구나 성공의 달란트를 가지고 있다.

재능이 없다고 여기며 포기하지 마라. 당신은 아직 자신의 달란트를 발견하지 못했을 뿐이다.

세상에서 가장 위대한 달란트는 바로 당신 자신이다.

자신을 믿으세요. 역사는 바로 그 믿음으로부터 시작됩니다.

준비된 자만이
얻을 수 있다

가시나무새의 비밀 200호

150

한 유대 노인이 뜰에 묘목을 심고 있었다.

마침 그곳을 지나가던 나그네가 그 광경을 보고 물었다.

"언제쯤 그 나무에서 열매를 수확할 수 있습니까?"

노인이 대답했다.

"몇십 년쯤 후에나 수확할 걸세."

나그네는 고개를 갸우뚱하며 다시 물었다.

"노인장께서 그때까지 사실 수 있습니까?"

그러자 노인은 대답했다.

"아닐세, 내가 태어났을 때 과수원에는 이미 열매가 많이 열려있었네. 아버지께서 심어 두셨기 때문이지. 나도 그저 우리 아버지와 똑같은 일을 할 뿐이라네."

감사(감 같은 사과) 200호

시간과
땀은

감동으로
다시
찾아온다

좋은 씨앗을 뿌리고 정성껏 가꾸고 아무리 철저히 준비해도 뿌린 씨앗이 모두 열매를 맺진 않는다. 씨앗을 뿌렸다고 해서 100% 수확하는 것은 아니라는 의미이다. 그러나 수확을 걱정해 씨앗을 뿌리지 않는다면 아무리 시간이 지나도 열매를 얻을 수 없다.

씨를 뿌려라. 꾸준히 참고 기다리면, 볍씨 한 알이 언젠가 몇백 개의 낱알로 태어날 수도 있다. 그리하여 그동안 쏟았던 시간과 땀과 정성을 충분히 보상받고 남을 만큼의 감동으로 다시 찾아올 것이다.
우리의 삶 또한 마찬가지다.

성공의 이유

시작하지 않으면 그 어떠한 결과도 나오지 못한 채로 끝난다. 나는 내 손에 있는 공이 골에 들어갈지 안 들어갈지 고민하지 않고 슛을 던진다. 나는 지금까지 9천 번도 넘게 슛을 성공하지 못했다. 나는 3백 번도 넘게 져봤다. 사람들이 나를 믿어주었을 때 나는 26번이나 클러치를 미스해봤다. 나는 계속 실패하고, 실패하고, 또 실패했다. 그것이 내가 성공한 이유다.

– 마이클 조던의 말 중에서

세상에는 여래 갈래의 길이 존재한다.
인간으로 태어나 만나게 되는 두 가지 길이 있다면 첫째는 정상으로 가기 위해 끝까지 참고 견디며 걸어가는 길, 둘째는 뒤를 돌아보며 그러지 말 걸 한탄하며 걸어가는 후회의 길이다. 어떤 것을 받아들일지는 우리의 선택에 달려있다.

엄마의 태양 100호

바다 여행 150호

잘 넘어지는 법

걷는 것은 중요하다. 그러나 그보다 중요한 것은 넘어졌을 때 다시 일어나는 것이다.
누구도 완벽하게 태어난 사람은 없다. 인생을 살다 보면 누구나 넘어지고 일어나고 또
넘어지고 일어나기를 몇 번, 몇십 번, 아니 수도 없이 반복한다. 단번에 잘 일어나는 것
은 어렵지만, 잘 넘어지는 법을 배울 수 있다면 훨씬 수월할 것이다.
그래서 나는 잘 넘어지는 법을 배웠다. 얼마나 빨리 일어서느냐보다는 조금 덜 아프게
어떻게 잘 넘어지느냐가 문제다.

나이키의 화려한 외출 20호

자유 150호

심장이
뛰고 있나요?

새로운 것에 도전하는 것은 어떤 면에서 자신을 완성하는 과정이기도 하다.
발칙한 상상에 빠져 때로는 짜릿한 흥분에 꽂힐 때도 있겠지만, 시나브로의 자세로 한
걸음씩 나아가야 한다.
가장 중요한 것은 내 심장이 꿈을 향해 잘 뛰고 있는지 귀를 기울여보는 것이다.

지금 당신의 심장은 뛰고 있습니까?

예술가의
깊이는

간결함이다

예술가의 최고의 깊이는 간결함에 있다.

나에게 예술이란 끊임없이 배우는 것이다. 넓게 배우고 깊게 공부하는 것은 간결함을
담아내기 위해서다.

그것이 내가 추구하는 최고의 아름다움이다.

베스트 프렌드 100호

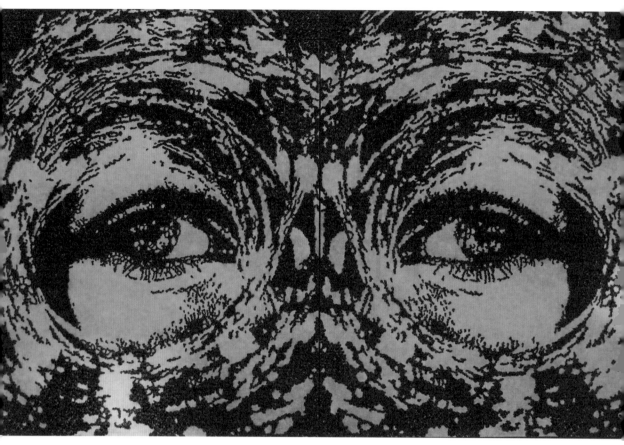

심미안 200호

길을
가지 않으면

길은
없다

길을 걷고 있는데도 길이 보이지 않는다.

길이 보이지 않는다고 투정을 부려본다. 그렇다고 뚜렷한 방법이 있는 것도 아니다. 어디로 가야 할지, 어떻게 걸어야 할지 몰라 안절부절못한다.

실패가 두려워 가만히 있으면 길이 나타날까? 가만히 있는 이에게 길은 보이거나 나타나지 않는다. 길을 가지 않으면 만날 수 없기 때문이다.

지금은 길이 아닌 것 같아 두렵고 불안하겠지만 포기하지 말고 가야 한다. 한 걸음 한 걸음 내디딜 때마다 그곳은 멋진 길이 될 테니까.

누구나 실패를 두려워한다. 그러나 두려워만 한다고 상황이 바뀌지는 않는다. 길이 아닌 것 같아도 계속 가다 보면 길이 생긴다.

앞이 캄캄한가요? 길이 안 보이나요?

그래도 포기하지 말고 가보세요. 언젠가는 당신이 그 길의 주인이 되어있을 것입니다.

999인 30호

미쳐야
미친다

불광불급(不狂不及).
미쳐야(狂) 미친다(及).
미치려면(及) 미쳐라(狂).
미친다는 것은 온전히 빠지는 것.
온전히 정성을 다한다는 것.

최고가 되려면 최선을 다하는 삶을 만들어야 한다.

엄마 찾아 3만 리 100호

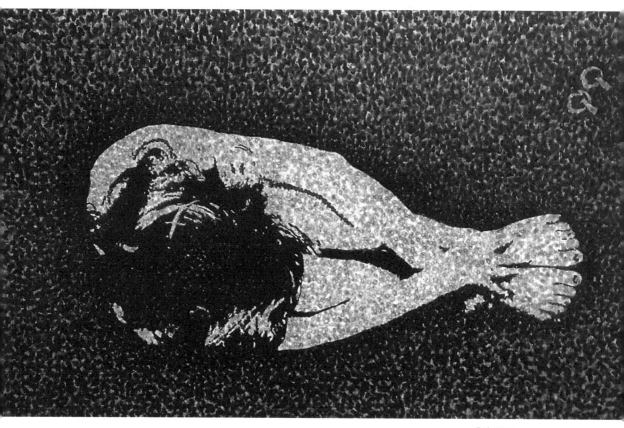

휴식 200호

실패와
성공의
차이

성공하려면 생각은 신중하되 결단은 신속해야 한다.

우유부단함은 욕심 때문이다. 우유부단이야말로 성공을 가로막는 최대의 적이다.

대부분 성공한 사람들은 신속한 결단력의 소유자였다.

실패와 성공의 차이는 바로 빠른 실행력에 있다.

넓은
바다

얕은 천(川)에서는 헤엄치기가 어렵다.

정말로 헤엄치고 싶거든 넓은 바다를 찾아나서야 한다.

블루 오션 5 200호

바다 이야기 3(블루 오션) 1000호

프린세스 100호

성공하지
못한
이유

지금껏 나의 확신과 믿음이 성공으로 이어지지 않았던 가장 큰 이유는 생각만 했지 실천으로 옮기지 않았기 때문이다. 내가 어떤 행동을 하지 않는 한, 앞으로도 그 무엇도 일어나지 않는다. 행동으로 실천하라!

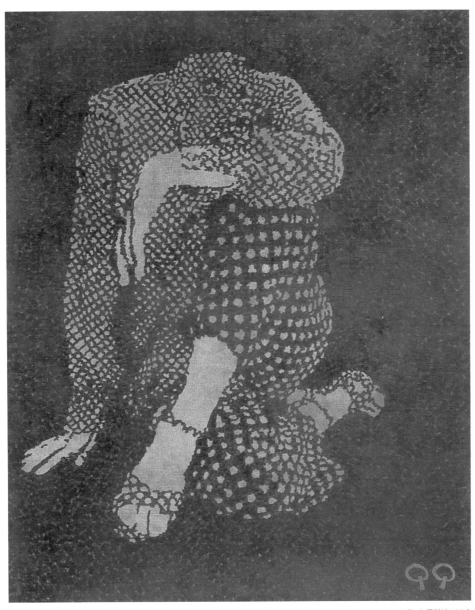

나는 누구인가 100호

두려움을
설렘으로

넘어지는 것은 두려운 일이 아니다.

정말 두려운 것은 넘어지지도 않았는데, 미리 겁부터 내는 것이다.

내 안의 두려움을 설렘으로 바꿀 수 있다면, 그것은 이미 성공이다.

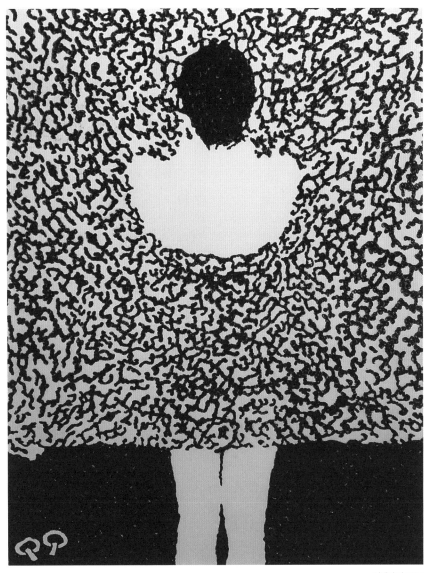

인생의 반 50호

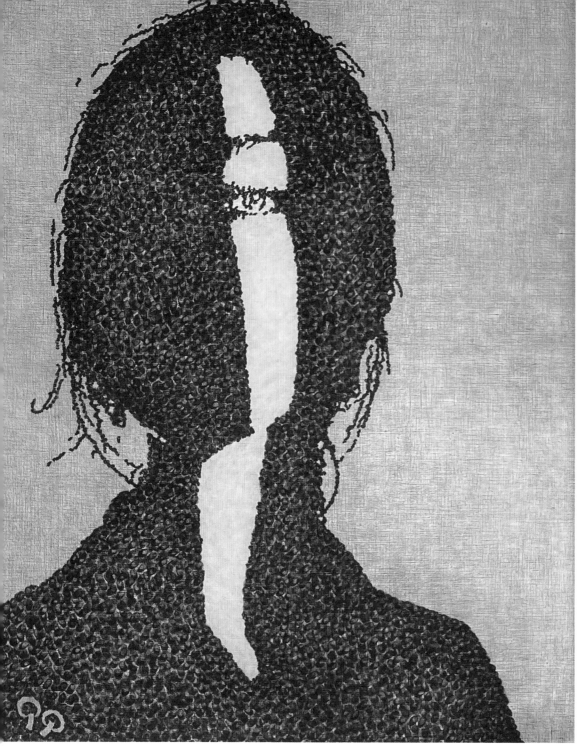

눈동자 100호

눈빛을
바꿔라,

그러면
운명이
바뀐다

사람은 자기가 좋아하는 일을 하거나 도전할 때, 눈빛이 달라진다.
노력 끝에 얻어지는 것은 상상하지 못했던 또 다른 미래 자신과의 만남이다. 운명은 스스로 바꿀 수 있다!

당신의 눈동자는 지금 무엇을 보고 있는지, 어디를 향하고 있는지 생각해보라.
잠깐이라도 이 메시지를 자신의 것으로 받아들인다면, 당신의 미래에 놀라운 일들이
일어날 것이다.

실천이
답이다

인생을 마감하면서 가장 많이 드는 생각은
'그때 마음껏 해볼걸.'이 아닐까.
아무리 멋진 생각도 생각은 생각일 뿐이다.
실천이 답이다. 실패든 성공이든.

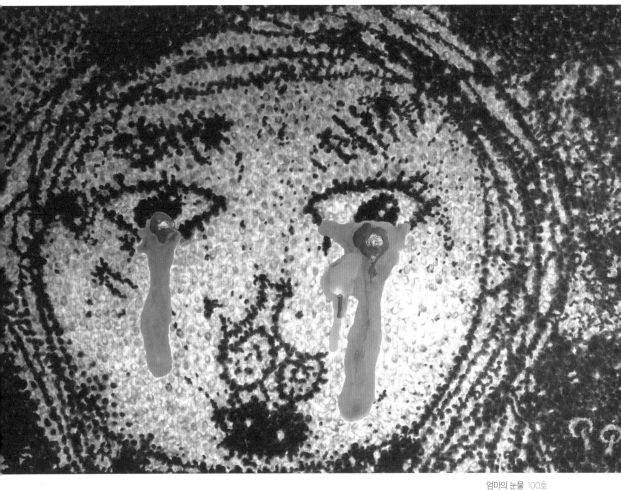

엄마의 눈물 100호

99 Boy와 양이들 60호

구구걸스 모모 10호

4장.

어른이

된다는

것

세월이
쌓일 때마다

머리카락에 세월이 쌓였다.
세월이 쌓일 때마다 설렘은 점점 줄어든다.
가는 세월 어쩔 수 없겠지만
남은 세월만큼 희망을 품어본다.

향기(베니스비엔날레 대표작) 200호

아프니까
청춘이다

아무리 독한 슬럼프 속에서도 여전히 너는 너야.

조금 구겨졌다고 만 원이 천 원 되겠어?

자학하지 마.

그 어떤 경우에도 절대로, 너는 너야.

– 〈아프니까 청춘이다〉 중에서

아무리 구겨져도 만 원짜리 인생은 만 원짜리 인생이고,

아무리 빳빳해도 천 원짜리 인생은 천 원짜리 인생이다.

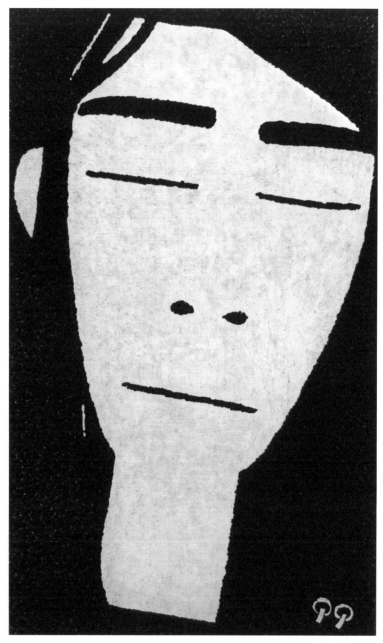

99 백작(미안해) 100호

차향

찬 바람이 불면
외로움 한 숟갈 넣어서 차를 만들어
당신에게 드리고 싶다.
차 한잔으로 느낄 수 있는 작은 행복.

찻잔 속의 고요를 당신에게….

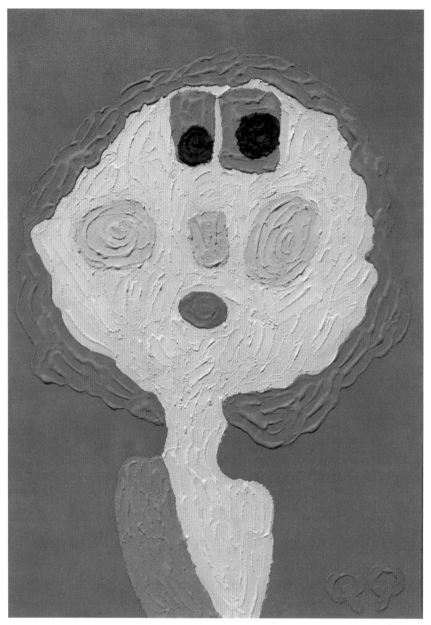

빵집 아가씨 20호

화장을 고치고 60호

어른이
된다는 것

어른이 되려고 하지 말고, 어른처럼 행동하라!

인생은
마라톤

내 생각과 결정이 옳다고 자신의 결론에 마침표를 찍기는 아직 이르다.

인생은 완성이 아니라 조금씩 알아가는 미완성의 과정이기 때문이다.

시행착오를 거듭할 때마다, 만남과 헤어짐을 되풀이할 때마다, 상황과 세월에 따라 수시로 후회하는 것이 인간이다.

어릴 때는 거창한 꿈을 꾸는데 어른이 되어서는 그 꿈이 실현 불가능하다고 주저앉는다.

그러나 인생은 단거리 달리기가 아닌 마라톤이다.

어느 것에도 섣부른 판단은 금물이다.

아침 햇살 20호

지금
당장

셔터를
누르세요

작은 렌즈 안에 피사체를 담는다.

원근의 거리를 조정하고, 빛의 밝기를 조절하고, 찍고 싶은 물체에 초점을 맞춘다. 초점이 선명해지면 셔터를 누른다.

한 장의 멋진 사진은 이렇게 탄생한다.

인생도 사진 찍기와 같다.

작은 가슴에 꿈과 사랑을 담는다. 꿈의 거리를 조정하고, 사랑의 양을 조절하고, 저마다 다른 이상에 초점을 맞춘다. 초점이 선명해지면 각자의 인생을 살아간다.

인생은 그리 길지 않습니다.

바로 지금 셔터를 눌러보세요.

열정 100호

사랑의 열매 30호

지혜로운 삶

무엇이든 다 차지하고 채우려 하면 사람은 거칠고 무디어진다.
맑은 바람 한 줄기 지나갈 틈이 없기 때문이다.
버리고 비우는 것은 지혜로운 삶의 선택이다.
채우는 것은 한없는 욕망의 덫에 갇히는 것이고,
버리고 비우는 것은 새로운 삶의 통로를 여는 것이다.

나뭇가지를 보아라. 묵은 잎이 떨어져야 새잎이 돋아난다.

비움 없이 새 삶이 채워지기는 쉽지 않습니다.
비워보세요. 비운 만큼 채워지는 것이 진리입니다.

세상에서
가장 무서운 무기

세상에서 가장 사람을 많이 죽이는 무기는 무엇일까, 생각해본 적 있나요?

몇백만 년이 지나도 변하지 않는 가장 강력한 무기가 있습니다. 그것은 세월입니다.

세월처럼 사람을 많이 죽인 무기는 없습니다. 우리는 핵폭탄보다 더 무서운 무기를 끌어안고 이 시대를 살고 있습니다.

세상에서 가장 무서운 무기는 시간입니다. 그 누구도 세월이라는 무기 앞에 자유로울 수 없습니다. 지금이라도 그 무기의 노예가 되지 않도록 시간을 잘 관리하고 활용해야 합니다.

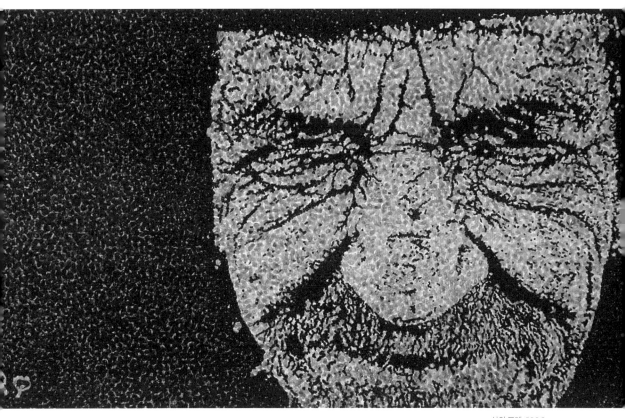

삶의 무게 200호

내가 진정
두려워하는 것은

나이를 먹는 것 자체는 그다지 겁나지 않았다. 나이를 먹는 것은 내 책임이 아니다.
그것은 어쩔 수 없는 일이다. 내가 두려웠던 것은
어떠한 시기에 달성되어야만 할 것이 달성되지 못한 채 그 시기가 지나가버리고 마는
것이다.

– 무라카미 하루키 〈먼 북소리〉 중에서

그렇다!
모든 것에는 때가 있다. 두려워서 두려운 것이 아니라, 그때가 언제 찾아왔는지 모른
채 지나가버리기 때문에 두려운 것이다.

가식은 오래가지 않는다 100호

흔적 2 50호

길이

거기에
있다

길이 끝났다고 생각할 때 길이 있었다.
지금의 나를 과감히 던져버렸을 때 새로운 길이 나타났다.
인생은 선택이었다.

덧칠하면

투명하지
않다

과거는 과거대로, 현재는 현재대로 의미가 있다.

과거에 현재를 덧칠하면 투명하지 않다.

과거도 아닌 것이, 현재도 아닌 것이, 불투명한 색깔은 빛이 나지 않는다.

내일이 되면 오늘도 어제가 되겠지만, 오늘은 어제가 아닌 오늘의 색을 칠해야 한다.

오늘이 있기에 내일도 존재한다는 사실을 기억했으면 좋겠다.

해피 아이 20호

너무
어렵게
살지 말자

우리는 삶을 너무 어렵게 살아가고 있는 건 아닌지 생각해본다.

하나를 주었을 때 몇 개가 내게 돌아올까, 혹시라도 손해를 입게 되는 건 아닐까?

내가 이런 말을 하면 상대방의 마음이 상해서 나를 언짢게 생각하는 건 아닐까?

괜한 연을 맺고 살아가는 건 아닐까?

뭘 하나 하면서도 우리는 너무 어렵게 생각하는 것 같다.

좋으면 좋다 싫으면 싫다 마음 그대로 말하고,

사랑받고 싶으면 사랑을 표현하고,

내가 할 수 있으면 하고 못 하면 미안하다 말하면서 좀 편하게 살았으면 좋겠다.

너무 어렵게 계산하면서 계산이 안 맞는다고 등 돌리고 살지 말자.

어차피 나그네로 왔다가 나그네로 가는 이 세상,

외로운 사람끼리 등 돌릴 힘 있으면

차라리 마주 보고 살아가는 게 좋지 않을까 싶다.

Vacation 1000호

가식은

오래 가지
않는다

미국 속담에 '모래로 지은 집은 한 번의 파도가 삼켜버린다'는 말이 있습니다.
가식은 오래가지 않습니다. 설령 잘 포장하여 죽을 때까지 이어진다 해도 그것은 허수아
비와 같은 모래성 인생이지 참 인생이 될 수는 없습니다.
영혼이 가난하면 가식이 생깁니다. 더 늦기 전에 영혼의 양식을 조금씩 살찌우는 삶을
살아야겠습니다.

모든 것에는
때가 있다

범사에 기한이 있고 만사에 다 때가 있나니

날 때가 있고 죽을 때가 있으며 심을 때가 있고 심은 것을 뽑을 때가 있으며

죽일 때가 있고 치료할 때가 있으며 헐 때가 있고 세울 때가 있으며

울 때가 있고 웃을 때가 있으며 슬퍼할 때가 있고 춤출 때가 있으며

돌을 던져 버릴 때가 있고 돌을 거둘 때가 있으며

안을 때가 있고 안는 것을 멀리할 때가 있으며

찾을 때가 있고 잃을 때가 있으며 지킬 때가 있고 버릴 때가 있으며

찢을 때가 있고 꿰맬 때가 있으며 잠잠할 때가 있고 말할 때가 있으며

사랑할 때가 있고 미워할 때가 있으며

전쟁할 때가 있고 평화할 때가 있느니라.

– 전도서 3장 중에서

새 신자 30호

하늘 아래서 일어나는 모든 일에는 다 정해진 때가 있다.
하지만 때는 그냥 찾아오지 않는다. 준비해야 한다.
기회는 소리 없이 찾아오기 때문이다.

추억은
없어지지
않는다

오래된 물건을 버린다고, 기억을 지운다고,
추억이 없어지지는 않는다.
추억은 버린다고 버려지는 것이 아니라, 가슴에 묻는 것이다.

순수(열정) 200호

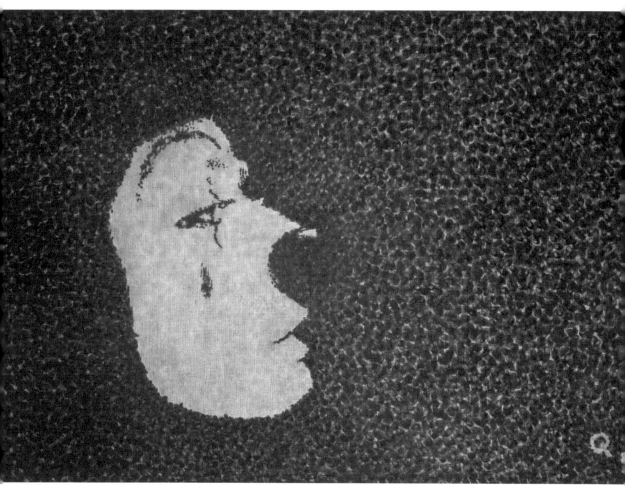

삐에로 100호

반토막 난
시간

하루가 또 흘러간다.

예전에는 하루가 24시간이었다. 지금은 12시간이 되었다.

그렇게 시간은 반토막이 되었다.

반토막을 영구적으로 쓸 방법을 찾아야겠다.

더 늦지 않도록!

천상의 세계(베니스비엔날레) 100호

시간은
나의
스승

시간보다 훌륭한 스승은 없었다.

채움 20호

채움과
비움

비움 20호

인생을 흔히 그림 그리기에 비유한다.

그림은 담아내고 비워내는 과정의 연속이다. 무엇을 담아내느냐에 따라 결과가 달라지며, 무엇을 비워내느냐에 따라 가치가 달라진다.

채움을 그리느냐 비움을 그리느냐, 그 선택은 당신의 몫이다.

이 책에 나온 그림들

1장

p.13	물감놀이 50호
p.15	아가 사랑 100호
p.17	새로운 아침 30호
p.19	Moon Night 100호
p.20	핵가족 200호
p.21	999 Family(시커먼스) 100호
p.22	Best Friends 50호
p.25	Friends 120호
p.27	엄마 사랑 2 100호
p.28	묵찌빠 40호
p.29	돼지코 가족 200호
p.31	내 안의 나 50호
p.32	공손 30호
p.34	양귀비 뒤태 50호
p.37	오매불망 50호
p.39	철수와 영희 20호
p.40	인연 100호
p.42	커뮤니케이션 200호
p.45	따뜻한 마음 120호
p.47	봄나들이 50호
p.47	Do You Bicycle 150호
p.49	천상의 꽃(베니스비엔날레 출품작) 100호
p.51	안경 속 세상 200호
p.53	관계 200호
p.55	인연 100호
p.57	프로포즈 9 30호
p.58	님은 먼 곳에 60호
p.60	삼천궁녀 50호
p.61	새 출발 30호
p.63	엄마 사랑 6 100호
p.64	순정 100호
p.65	산들바람 100호

2장

p.69	해꽃 200호
p.71	가족 50호
p.72	천상의 세계 30호
p.75	크레파스 집 60호
p.77	겨울 바다 30호
p.79	꿈꾸는 소녀 150호
p.79	거꾸로 가는 자동차 250호
p.80	새 생명 50호
p.83	내일의 태양 100호
p.85	파파 & 마마 100호
p.87	구구걸스 쥬쥬 10호
p.89	고추잠자리 200호
p.89	동심 200호
p.91	행복한 기다림 30호
p.93	무지개 풍선 30호
p.94	Inside Me 100호
p.97	화양천리 100호
p.99	스마일 걸 200호
p.100	희망은 배신하지 않아요 60호
p.103	비 오는 날 오후 30호
p.104	소욕지족 15호
p.107	들어주소서 100호
p.108	귀향 200호
p.109	구구걸스 미미 10호
p.110	슬리핑 뷰티 50호
p.113	추억(창밖의 소녀) 80호
p.114	아이 마음 200호
p.115	아이 마음 200호
p.117	절개 100호
p.119	눈깔사탕 100호
p.121	다산 50호
p.123	피크닉 300호

3장

p.127 구구의 포비즘 1000호
p.128 흔적 200호
p.129 댄스 100호
p.131 유니콘 소녀 500호
p.132 그리운 사람 하나 60호
p.135 GuGu Girls 500호
p.137 순정 1000호
p.138 눈동자 50호
p.139 Happy Lips 100호
p.140 아리아리랑 300호
p.143 내 안의 나 60호
p.144 열정의 물고기 200호
p.145 강가의 추억 200호
p.147 블루 오션 300호
p.147 바다 이야기 2(블루 오션) 1000호
p.148 천진난만(해피 바이러스) 1000호
p.150 가시나무새의 비밀 200호
p.152 감사(감 같은 사과) 200호
p.155 엄마의 태양 100호
p.155 바다 여행 150호
p.157 나이키의 화려한 외출 20호
p.158 자유 150호
p.161 베스트 프렌드 100호
p.162 심미안 200호
p.164 999인 30호
p.165 엄마 찾아 3만 리 100호
p.166 휴식 200호
p.169 블루 오션 5 200호
p.170 바다 이야기 3(블루 오션) 1000호
p.171 프린세스 100호
p.173 나는 누구인가 100호
p.175 인생의 반 50호
p.176 눈동자 100호
p.179 엄마의 눈물 100호
p.180 99 Boy와 양이들 60호
p.181 구구걸스 모모 10호

4장

p.185 향기(베니스비엔날레 대표작) 200호
p.187 99 백작(미안해) 100호
p.189 홀로서기 100호
p.190 빵집 아가씨 20호
p.191 화장을 고치고 60호
p.193 아침 햇살 20호
p.195 열정 100호
p.196 사랑의 열매 30호
p.199 삶의 무게 200호
p.201 가식은 오래가지 않는다 100호
p.202 흔적 2 50호
p.205 해피 아이 20호
p.207 Vacation 1000호
p.209 새색시 100호
p.211 새 신자 30호
p.213 순수(열정) 200호
p.214 삐에로 100호
p.216 천상의 세계(베니스비엔날레) 100호
p.218 채움 20호
p.219 비움 20호

유익한 정보와 다양한 이벤트가 있는 리스컴 SNS 채널로 놀러오세요!

블로그
blog.naver.com/leescomm

인스타그램
instagram.com/leescom

유튜브
www.youtube.com/c/leescom

구구킴 그림 에세이

두려움을
설렘으로

글·그림 구구킴
제작지원 창의적작가플랫폼 '창작'

편집 김연주 이희진
디자인 김미언 이미정
마케팅 김종선 이진목
경영관리 서민주

인쇄 금강인쇄

초판 1쇄 2022년 3월 19일
초판 2쇄 2022년 4월 19일

펴낸이 이진희
펴낸곳 (주)리스컴

주소 서울시 강남구 밤고개로 1길 10, 수서현대벤처빌 1427호
전화번호 대표번호 02-540-5192
　　　　　　영업부 02-540-5193
　　　　　　편집부 02-544-5922, 544-5933
FAX 02-540-5194
등록번호 제2-3348

ISBN 979-11-5616-258-2 03810
책값은 뒤표지에 있습니다.

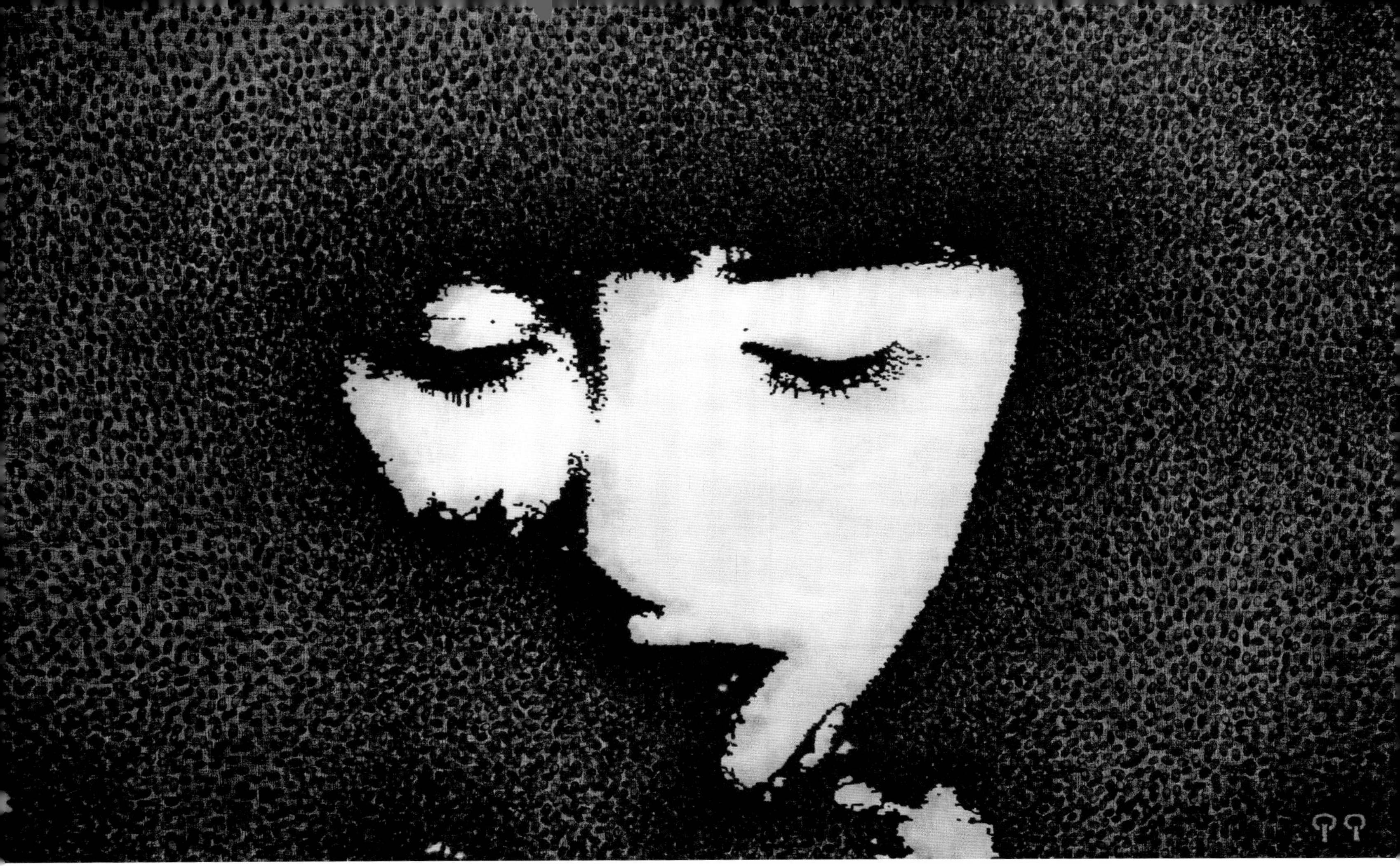

순수(Pure) 200호

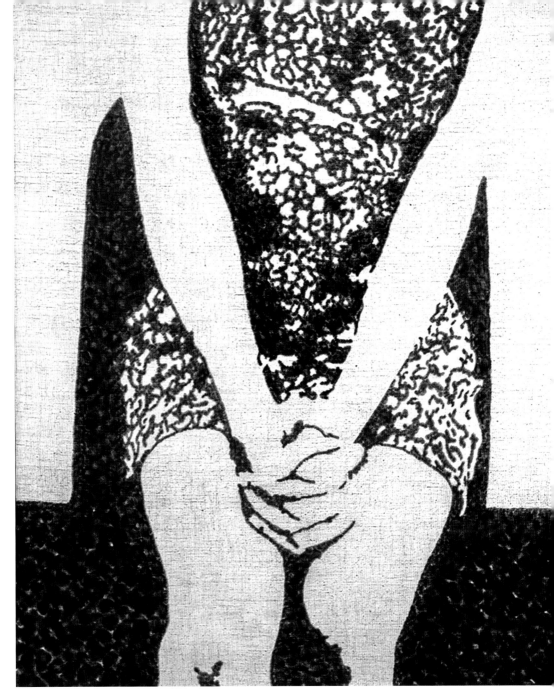

공손 30호